Erich Fried
Unverwundenes

Erich Fried

Unverwundenes

Liebe, Trauer, Widersprüche
Gedichte

Verlag Klaus Wagenbach Berlin

Wagenbachs Taschenbuch 251
27.-32. Tausend 1996

Umschlaggestaltung Rainer Groothuis unter Verwendung der Studie
The Fine Summer von Raoul Dufy (1941; © 1995 VG Bild-Kunst, Bonn)
Das Karnickel auf Seite 1 zeichnete Horst Rudolph
Druck und Bindung durch Wagner, Nördlingen
Gedruckt auf chlor- und säurefreiem Papier

ISBN 3 8031 2251 1

Inhalt

Umliebe

Zeitgezeitigtes

Vom Schreiben

Zeitnacktes

Lebenskanten

Umliebe

Auf- und Abrechnung

Also:
Fünf halbe Lieben hast du, sagst du, gehabt
und vier geringere, die du
nur als Viertellieben betrachtest?
Ja, und dazu kommen
zwei große Lieben
große, nicht ganz große, meinst du
und nennst sie Dreiviertellieben

Das sei also
sagst du
dasselbe
wie fünf
ganz große Lieben

Ja, alles zusammen gibt fünf
Aber wie, wenn die Viertellieben
und Dreiviertellieben gegen die halben Lieben
aufzurechnen sind?
Das hebt sich dann auf
und dann hast du
in deinem ganzen Leben
nicht eine einzige wirkliche Liebe gehabt

Das tägliche Brot

Die meine Liebe
nicht trinken wollte
ißt jetzt
mein Mitleid

Das Mitleid
ist grau
Es erkaltet
und klebt am Löffel

Ich mache die Augen zu:
»Einen Löffel für meine Liebe!
Einen Löffel für unsere Hoffnung!
Einen Löffel für deinen Haß!«

Gleichmäßig kaut sie
langsam leert sich der Teller
Jeder Bissen
wird ihr im Mund zu Staub

Von Glück sagen

Daß ich noch
von Glück sagen kann
muß nicht heißen
daß ich es
noch habe

Aber wenn ich
es nicht mehr habe
kann ich wirklich
noch sagen
von ihm?

Glücksgedichte

I

Wem es
sich zuneigt
der glaubt
daß er es hat
wen es verläßt
der begreift nicht
daß er es nie
gehabt hat

II

Wer es süßer findet
als süß
und nicht weiß
daß es bitterer
sein kann
als bitter
der ist ihm noch nicht
auf den Nachgeschmack gekommen

Verfahren

Verfahren
– wir miteinander –
gleich nach der Ankunft
Eigentlich war es wichtig
daß ich rechtzeitig ankam
am Bestimmungsort
und nicht nur in dieser Stadt
Aber vielleicht
war es auch weniger wichtig
und überhaupt:
wo ankommen
und
was heißt Bestimmung?

So hatten wir weniger Zeit
und mehr Zeit füreinander
für Gedanken
und für halbe Gedanken
wie wir miteinander verfahren
du mit mir
ich mit dir

und daß ich doch
ankommen wollte
bei dir
ankommen an dich
dich anrühren
deine Schläfen und deine Haare
mit meinen Fingern
und deine Augen
und deine Ohren
mit meinem Mund

Liebe auf den ersten Blick

Natürlich denke ich
auch schon an deinen Schoß
wie ich ihn küssen will
daß er naß wird
und wieder trocken
und was mir
oder meinen Fingern
einfallen wird bei dir

Du findest das ungehörig?
Gut: wenn es dir lieber ist
will ich deine Haare
nahe an deinem Ohr
nur fast, doch nicht wirklich küssen
und an deine Augen denken
und mir ein für alle mal sagen
daß dein Schoß für mich
nicht existiert.
So fügsam bin ich –
Warum bist du jetzt beleidigt?

Wahrscheinlich glaubst du
wenn zwei Menschen einander sehr bald
ihre Namen sagen
und miteinander essen
und fragen was sie arbeiten
und was sie denken
daß daraus dann nie mehr
eine wirkliche Freundschaft wird

Wie du solltest geküsset sein

(nach einem Gedichttitel von Paul Fleming, 1609-1640)
für Elisabeth

Wenn ich dich küsse
ist es nicht nur dein Mund
nicht nur dein Nabel
nicht nur dein Schoß
den ich küsse
Ich küsse auch deine Fragen
und deine Wünsche
ich küsse dein Nachdenken
deine Zweifel
und deinen Mut

deine Liebe zu mir
und deine Freiheit von mir
deinen Fuß
der hergekommen ist
und der wieder fortgeht
ich küsse dich
wie du bist
und wie du sein wirst
morgen und später
und wenn meine Zeit vorbei ist

Das Unmögliche

Ich muß
mein Kissen küssen
auf dem du gelegen hast

Ich muß
meine Finger küssen
die dich liebkost haben

Ich muß
meine Zunge küssen
aber das kann ich nicht

Liebesmüh'

Du hast nicht nur die Tage gezählt
bis wir uns wiedersehen
sondern sogar die Stunden
obwohl du im Rechnen
immer schwach warst
sagst du
Das macht auf mich tiefen Eindruck

Denn ich rechne nicht besser als du
und ich habe sogar
den Unterschied unseres Alters
um Jahre zu groß berechnet
obwohl ich ohnehin mehr
als alt genug
für dich bin

Liebesgedicht

für Catherine

Verschließe meinen Mund mit deinem Schoß
Die kurze Zeit laß mich ein Teil von dir sein
und dich von mir. Als könnte wirklich
ein Teil sein Ganzes je so überraschen
mit Glück, mit Lust. Da bebt und schmilzt die Welt
auf unseren vier Lippen. Da und da
ist jedes Wort nur noch Umschreibung, ärmer
als das was ist und sich bewegt und lebt

Und doch bleibt dieses oder jenes Wort
vielleicht ein Abglanz, eine Spur, an der
noch zu erkennen wäre, wie wir beide
als wir noch beide hier waren, einander
gut kannten. Spur nur, blaß und viel zu trocken
und ohne dein Vibrieren, deinen Duft
und ganz vorbei
doch noch nicht ganz vergessen

Zeitgezeitigtes

Die Wahrheit von der Wahrheit

Die Wahrheit sagen
das kann heißen: getötet werden
Aber nie wird – so heißt es –
die ganze Wahrheit getötet

Nur Menschen, nackt
das Gesicht nicht mehr erkennbar
oder noch in ihren Kleidern
wie schlafend, gar nicht viel Blut

oder nur Asche
verpackt in braunen Karton
oder halb Verweste
in später entdeckten Gräbern

Aber fast unversehrt
wächst die Wahrheit aus jedem Rest
der übriggeblieben ist
und lebt – sagt man – von neuem

Nur trägt sie nicht mehr die Schuhe
ihres Sprechers, die man ihm auszog
und nicht sein Hemd
mit den rotbraunumrandeten Löchern

und auch keine stinkenden
gestreiften Sträflingshosen
Die Wahrheit steht herum
nackt und ein wenig frierend

Wo immer sie steht
sie steht nie wieder wirklich ganz da
Etwas von ihr bleibt tot
bei ihren Toten

Wortunwörtlich

Ob das Wort Würdenträger
von träge kommt?
Nein. Aber davon
sollte es vielleicht kommen

Ein Würdenträger ist einer
den seine Würde trägt
oder auch einer
der sich seiner Würde befleißigt

Dann könnte es eigentlich heißen
ein Würdenbefleißiger
Solche scheinbaren Gegensätze
bedeuten ja manchmal dasselbe

Ähnlich wie Todesgefahr
und Lebensgefahr
oder wie Widerstandskämpfer
und Terrorist

Doch um zurückzukommen
auf diesen Würdenträger
als einen der sich
seiner Würde befleißigt

Der könnte natürlich auch
in seiner Würde verfaulen
Aber so ein Gedanke
schickt sich nicht für ein Gedicht

Ein Unwort

Es heißt: »Die Vergangenheit
ist jetzt endlich bewältigt«
oder: »Das Nichtvergessenkönnen
bewältigen«
oder: »Die Staatsverdrossenheit
muß bewältigt werden«

Ich habe von all dem bisher
noch nichts bewältigt
weder die Angst vor dem Alten
noch die vor dem alten Neuen
Nur dieses Wort »bewältigen«
müßte bewältigt werden

Vereinfachte Bewältigung

Für Faschismus
gibt es keine
wirklich richtige
Definition

Daher ist es
unwissenschaftlich
zu behaupten
es gebe Faschismus

oder
es habe jemals
Faschismus
gegeben

Fortschritt an und für sich

Die Frage
ob Minderwertigkeit
mit moderner
Gentechnik
ausgemerzt werden soll
beantwortet sich
vom rein
technokratischen Standpunkt
von selbst
im Sinne
der Entmenschung
zugunsten
der Effizienz

Bürgerliche Demokratie

So oft die Gemeinheit
uns zwingt
zum Widerstand gegen sie
der in Rückzugsgefechten
unsere Kraft verbraucht
sagt man uns
daß wir diesen Verzweiflungskampf
noch führen und sogar
von ihm sprechen dürfen
sei der beste Beweis
daß hierzuland
Freiheit herrsche

Gute neue Zeit

Mach die Augen zu
dreh dich um:
Der Faschismus
liegt hinter dir

Dreh dich zurück:
Was gar nicht
Faschismus sein muß
liegt vor dir

Wohin du dich drehst:
Was nicht mehr
Faschismus sein muß
liegt vor dir

Was nicht mehr
Faschismus sein muß
liegt rund
um dich her

Es bleibt nicht liegen
es reckt sich
es stemmt sich hoch
es steht auf

Halt die Hand vor die Augen
sag dir vor:
Der Faschismus
ist nirgends

Mach die Augen zu
sag dir nach:
Der Faschismus
liegt hinter dir

Gebet

Lieber Gott, der Du nicht bist
in Deiner Güte
bewahre mich vor fremden Göttern
sowie vor Dir

und bewahre mich
vor vollkommenen Lehrern
und vor vollkommenen Lehren
die alles erklären können

Bewahre mich vor der Erleuchtung
die die Große Gewißheit verleiht
denn sie macht die von ihr Erhellten
zu Dunkelmännern

Und, bitte, bewahre mich
vor der Suche nach Ewigkeitswerten
Denn die sind am Ende
nur Anweisungen zum Sichversteinern

Das Sichversteinern ist zwar
eine Methode, zu dauern
aber längst nicht so dauerhaft
wie der Tod, der es ist

Kinderspielzeug

Soviel Spielzeug auf einmal habe ich nie noch gesehen
Puppenbetten und Puppen und Stofftiere, Legespiele
Steinbaukasten und Holzwürfel, kleine Trompeten
körneraufpickende Hühner, bewegt von einem Gewicht
Schiefertafeln und Buntstifte, Bilderbücher
Soldaten, Kanonen, Indianer und Eisenbahnen
Bälle und Diabolos und ein ganzes Kindertheater
manches beschädigt, aber auch das noch zu reparieren

Man könnte das alles an hunderte arme Kinder verteilen
Es war auch wirklich bestimmt zur Verteilung an Kinder
Sorglich beschlagnahmtes Spielzeug
    von getöteten Kindern in Auschwitz

Nachbilder

Wie das Meer seine Farben ändert
dort wo es tiefer wird
wie der Himmel dunkelt über den höchsten Wolken
das habe ich vergessen
Wie der Schoß einer Frau aussieht und wie er schmeckt
und mein Same in ihrem Schoß
das habe ich vergessen

Ich sehe nur noch
das Kind aus dem Ghetto
das flieht
vor den Hieben eines Uniformierten
in den Viehwagen
der es ins Gas bringen wird

Nein, das ist nicht wahr
Ich habe gar nichts vergessen
nicht das Meer
nicht den blauen Himmel über dem Flugzeug
nicht den Schoß der Geliebten
und nicht meinen Samen in ihr

Aber ich sehe das Kind
das ich nie gesehen habe
außer auf einem unscharfen schwarzweißen Foto
quer durch alle unvergessenen Bilder und Farben
und quer durch alle erregenden Gerüche –
einerlei ob ich die Augen aufmache oder nicht

Und immer wenn ich Kameraden
des Uniformierten sehe
(oder solche die tun als könnten
sie es gewesen sein)
dann sehe ich nichts als ihn
und den Viehwagen
und das Kind

Meditation

(zu einem Gemälde von Magritte)

Drei Kerzen
kriechen brennend
am Meeresstrand.
Es heißt, sie beten
aber das ist verdächtig.
Sind das wirklich Gebete?
Und wer kann sagen
wofür oder wogegen
oder zu welchem Gott?

Wenn es kein anerkannter Herrgott ist
oder wenn es vermummte Gebete sind
in unerkennbaren Sprachen
dann wäre das Kriechen der Kerzen
vielleicht sogar als Demonstration zu betrachten

Findet sich kein Paragraph
unter dem man einschreiten kann?
Schließlich sind brennende Kerzen
feuergefährlich
und ihre Flammen
verunreinigen die Luft
und sie kriechen da wie zum Begräbnis
von Strand und Himmel und Meer.
Muß eine Demokratie
sich so etwas bieten lassen?

Du liebe Zeit

Da habe ich einen gehört
wie er seufzte: »Du liebe Zeit!«

Was heißt da »Du liebe Zeit«?
»Du unliebe Zeit«, muß es heißen

»Du ungeliebte Zeit!«
von dieser Unzeit, in der wir

leben müssen. Und doch
Sie ist unsere einzige Zeit

Unsere Lebenszeit
Und wenn wir das Leben lieben

können wir nicht ganz lieblos
gegen diese unsere Zeit sein

Wir müssen sie ja nicht genau so
lassen, wie sie uns traf

Warnung

Natürlich
ist es heute
modern
den Marxismus
den Sozialismus
und das alles
total veraltet zu finden

aber wem
das heute Moderne
noch nicht manchmal
zum Hals heraushängt
der ist natürlich
hoffnungslos
unmodern

Die ohne Stimme

was sich nicht
herumsprechen
durfte
das haben sie
mit der Zeit
und gegen die Zeit
herumgeschwiegen

Vom Schreiben

Der Baum vor meinem Fenster

Den Baum da
wollt ihr mir also auch wegnehmen?
»Laß dich nicht ablenken« sagt ihr
»durch seinen grünlichen Schein
auch wenn du ihn liebst
von dem was draußen geschieht!«

Danke ich weiß was geschieht
und kämpfe dagegen
und ich habe die Zeilen von dem Gespräch über Bäume
das fast ein Verbrechen ist
auch selbst schon zehnmal zitiert

Aber Brecht der das schrieb
hat Bäume geliebt und etwas
von Bäumen verstanden
und ihr versteht einen Dreck
und beruft euch auf die Revolution der ihr nur schadet
mit solchem Stumpfsinn. Als wäre es nicht genug
daß die Herrschenden uns mehr Arbeitszeit nehmen als nottut
Dazu kommt noch die Zeit für den Kampf gegen sie der sein muß
und doch unser Leben auffrißt – damit vielleicht unsere Enkel
sich nicht mehr plagen müssen mit Streit und immer den gleichen
Worten und Schreibarbeiten und Kampfliedern und so fort

Gewiß, damit unsere Enkel es besser haben
und damit überhaupt eine Welt da ist für Enkel –
nicht nur für unsere – und für Tiere und Gras und Bäume
müssen wir heute unsere Zeit daran wenden
Aber wenn ihr dann noch kommt und mir einreden wollt
daß der Baum vor dem Fenster mich ablenkt
dann muß ich euch sagen
nicht nur als meine Privatmeinung sondern auch
um unserer gemeinsamen Ziele willen
ganz konkret von Genossen zu Genossen
als ernste politische Forderung:
»Leckt mich am Arsch!«

Wortklauberei

Worte klauben? Das will ich
Es ist nicht das erste Mal
daß Schimpfworte
zu Ehrennamen wurden

Sie aufheben
ansehen
in den Mund nehmen
und so sie reinwaschen

Arme Fallworte
als wären sie besudelt
und aus dem Nest gestoßen
von Kuckucksjungen!

Flügellahme Worte?
Ich lehre sie wieder fliegen
Zu schwache Worte?
Wer waren denn die zu starken?

Zwei Worte

Das Wort *doch*
sagen wir oft
und das Wort *nicht*
fast immer

Wir sagen auch öfters
doch nicht
aber fast nie mehr
nicht doch

Um dieses
nicht doch
sind wir
ärmer geworden

Es war zu sanft
für das
was unsere Zeit
aus uns macht

Wäre das
zu verhüten gewesen
mit diesen zwei Worten
nicht doch?

Genommenes Wunder

Auch das sagen wir zu selten:
»Es nimmt mich Wunder«.
Zwar, wir wundern uns oft
aber ohne an Wunder zu glauben

Besonders nicht an so große
die uns ganz einfach ›nehmen‹.
Darum solls uns nicht Wunder nehmen
daß unsere Sprache verarmt

Fußfallen beim Schreiben

Weiser sein wollen
oder einfältiger
als ich bin

Moderner als ich bin
oder altmodischer

Zuversichtlicher
oder verzagter

Komplizierter sein wollen
oder einfacher als ich bin

Sinnlicher als ich bin
oder abstrakter

Und *du* schreiben
oder *wir*
wenn ich meine *ich*

Der Schonung bedürftig

für Hilde Domin

Ich habe immer geklagt
um den Tod der winzigen Mücken
die fast zu klein sind
um sie retten zu können

Eine ist
in meinen Band
Gesammelte Gedichte
von Hilde Domin geraten

Ein kleiner bräunlicher Fleck
auf Seite 361
ist alles
was von ihr blieb

Links neben dem Fleck
stehen die letzten drei Zeilen
des Gedichtes *Älter werden*
das ich immerzu lese

Sie lauten:
»wie wir selbst
und wie wir
der Schonung bedürftig«

Entscheidungsfrage

Was werde ich
ganz zuletzt
sagen
oder schreiben?

Sagen:
»Ich habe doch eigentlich
schon alles
geschrieben«?

Oder schreiben:
»Ich habe doch eigentlich
noch gar nichts
gesagt«?

Sehnsucht

Endlich keine Zeitgedichte mehr schreiben!
Endlich fliehen aus dieser zugemuteten Zeit!
Endlich fort aus dem Land, statt noch etwas verändern zu wollen
weil das zu langsam geht und zu schwer. Endlich nicht mehr
sehen und fühlen und denken müssen – und nicht
wissen daß das heißt sterben zu wollen

Zeitnacktes

Ausweichen

für Miriam

Ich weiß
daß ich oft oder meistens
ausweichen will

Ich weiß auch
daß das verständlich ist
denn ich will leben

Aber ich weiß nicht mehr
ob man leben bleibt
wenn man ausweicht

Drei Unmöglichkeiten nach 1945

Ein Leben der Wahrheit
wäre zu kurz
für die Schilderung

Ein Leben der Lüge
wäre zu kurz
für die Milderung

Ein Leben aus Wahrheit
und Lüge
bringt neue Verwilderung

Nachruf nach zehn Jahren

Ich verurteile die Ermordung Hanns Martin Schleyers
und ich habe in Köln gesehen wie zehn Jahre nach seinem Tod
die Stelle an der man ihn fand
noch geschmückt wird mit Blumen und Kränzen

Doch jetzt, als ich den rühmenden Nachruf
der Frankfurter Allgemeinen
las, in dem Schleyer
als ein großes Vorbild erscheint

fragte ich mich nach der Kristallnacht
als die Synagogen brannten
und als Schleyer auf der Seite
der Mordbrenner stand

Und nach Schleyers Sondereinsatz
in Österreich gleich nach dem Anschluß
und nach seiner Tätigkeit
als der Ausbeuter Böhmens für Heydrich

»Wo man hobelt, dort fallen die Späne«
hat Joseph Goebbels gesagt
Schleyer hat hart gehobelt
Und wo blieben die Späne, die fielen:

die Menschen die durch ihn
ins Konzentrationslager kamen?
Wer nennt heute die Gräber
dieser damals gefallenen Späne?

Sind auch *ihre* Gräber geschmückt
und werden sie nicht vergessen?
Die Frankfurter Allgemeine
hat davon kein Wort erwähnt

Abscheulich nach wie vor
der Mord an Hanns Martin Schleyer
doch genau so die Heuchelei
der Frankfurter Allgemeinen

Traum vom Ersticken der Abschieber

Zu sagen »Unsre Politiker tragen viel Schuld«
ist zu abstrakt. Da hat man noch zuviel Geduld
Nein, stellt euch diese Minister, Staatsbeauftragten, Landesväter
vor als das, was sie sind, als Schreibtischtäter

Denn wenn man linke Libanesen ausliefert an Falangisten
dann empfangen die sie wie einst Kaiser Nero die Christen
dann werden Türken und Kurden an ihre Behörden zurückgegeben
dann weiß man auch nicht, wieviele das überleben

Nun nehmt an, jeder, den sie hier abgeschoben haben
in seinen Tod, der würde dann nicht begraben
sondern wieder zurückgebracht und man legte dann ihre Leiber
auf die Schuldigen an ihrem Tod, auf ihre Vertreiber

So daß ein Innenminister, der sie auf dem Gewissen hat, nicht
länger mehr atmen könnte unter ihrem Gewicht
Und ein Bundeskanzler? – Soviel Leichen fielen auf den
Man könnte ihn unter den Toten gar nicht mehr sehn

So sähe das konkret aus, denn so liegen leider die Dinge
So wäre das, wenn so ein Traum in Erfüllung ginge

Zeuge in Übergangszeiten

für Stephan Hermlin

In Übergangszeiten
ziehen es manche vor
den Kopf einzuziehen
und Tadel wie Beifall zu meiden

Sonst droht das Wohlwollen
der Übelwollenden
oder das Übelnehmen
der Wohlmeinenden

Aber einige meinen wie du
man muß sprechen wenn Übergang
der Übergang
zu etwas Besserem sein soll

Loyalität
meinen diese
kann nicht
Verzicht auf Kritik sein

denn solcher Verzicht
sieht nur
ganz von oben
wie Loyalität aus

In Wirklichkeit brauche ihr Staat
und brauchen ihre Genossen
nicht einfach Gefolgschaft
sondern kritische Loyalität

So bist auch du manchen Freunden
zu kritisch – und heimliche Feinde
enttäuschst du weil deine Kritik
nur Fehlern gilt

Die Gutinformierten

»Nicaraguas Handel stockt«
sagen, die ihn blockieren

»Nicaraguas Wirtschaft ist krank«
sagen, die sie vergiften

»In dem Land wird blutig gekämpft«
sagen die Waffenschieber

»Man lebt dort nicht wirklich frei«
sagen die, die die Mörder besolden

Südafrikanische Skizze

Wenn Botha so weitermacht
erlebt er noch einen Tag
auf der Straße vor seinem Amtssitz
umjubelt von zahllosem Volk

Die werden tanzen um ihn
und werden singen
und ihre Kinder hochheben
daß sie ihn sehen

Um seinen Hals
liegt dann ein Autoreifen
zur Hälfte gefüllt mit Benzin
der qualmend brennt

Die den Kopf immer oben behalten

(Zum Fall Kurt Waldheim)

Die besseren Herren ließen andere für sich morden.
Nun weiß man nicht genau: »Was haben sie gewußt?«
Sie lösen jeweils die nicht mehr gefragten Orden
von der geschmückten Brust

Die, deren Köpfe fielen, hießen damals bei ihnen Verräter
In ihren Köpfen machten sie es sich leicht.
Nun sind sie keine Opfer und auch keine Täter –
nur Untäter vielleicht

Warum?

Komisch:
Einen
der so ist
daß ich ihn immer
ganz und gar ernstnehmen soll
kann ich
gar nicht mehr
ernstnehmen

Ein Jude an die zionistischen Kämpfer, 1988

Was wollt ihr eigentlich?
Wollt ihr wirklich die übertreffen
die euch niedergetreten haben
vor einem Menschenalter
in euer eigenes Blut
und in euren Kot?

Wollt ihr die alten Foltern
jetzt an andere weitergeben
mit allen blutigen dreckigen Einzelheiten
mit allem brutalen Genuß der Folterknechte
wie eure Väter sie erlitten haben?

Wollt jetzt wirklich ihr die neue Gestapo sein
die neue Wehrmacht
die neue SA und SS
und aus den Palästinensern
die neuen Juden machen?

Aber dann will auch ich
weil ich damals vor fünfzig Jahren
selbst als ein Judenkind gepeinigt wurde
von euren Peinigern
ein neuer Jude sein mit diesen neuen Juden
zu denen ihr die Palästinenser macht

Und ich will sie zurückführen helfen als freie Menschen
in ihr eigenes Land Palästina
aus dem ihr sie vertrieben habt
oder in dem ihr sie quält
ihr Hakenkreuzlehrlinge
ihr Narren und Wechselbälge der Weltgeschichte
denen der Davidstern auf euren Fahnen
sich immer schneller verwandelt
in das verfluchte Zeichen mit den vier Füßen
das ihr nur nicht sehen wollt
aber dessen Weg ihr heute geht

Reich der Freiheit

Kann es wirklich
kein Reich der Freiheit geben
außer in den Träumen
der noch nicht Freien?

Ein Reich hat Grenzen
und welche Grenzen hat Freiheit?
Ein Reich hat Herrschaft
und welche Freiheit kennt Herrschaft?

Aber das Reich der Freiheit
ist im Reich der Notwendigkeit
ein notwendiger Traum
Ohne ihn kommt keine Freiheit

Freiheit, die ich meine

Kein Gott, kein Kaiser
und kein Tribun kann uns Freiheit
einfach schenken und sagen:
»Nehmt und seid gut zu ihr!«

Aus jeder Freiheit
wenn wir sie nur empfangen
wie Kinder Geschenke
kann wieder Unfreiheit werden

Denn Freiheit ist nur die Freiheit
leichter und besser
kämpfen zu können
gegen die Unfreiheiten

die herrschen wollen
über uns und in uns selbst.
Der Kampf gegen sie fängt erst an
mit jeder Befreiung

Ein Signal

Genossin Freiheit, komm wieder zurück, man braucht dich!
An deinen alten Platz, in der ersten Reihe
und übermorgen oder schon morgen uns allen voran

Gewiß, man braucht auch andere: Alle werden gebraucht
denn es geht um alles. Aber ohne dich war zu spüren
daß etwas fehlte. Und die klugen Verwalter, Techniker, Planer
konnten etwas nicht neu konstruieren, das da war am Anfang
in den ersten Tagen, noch ohne Verwaltung und großen Plan
in den einfachen Menschen, die auf die Straße gingen
und kämpften für das Neue und litten und siegten

Genossin Freiheit, dann später sagten die Feinde
– und nicht nur Feinde! – du seist tot oder eingesperrt oder geflohen
Aber jetzt hören endlich die Völker wieder die alten Signale
Du wirst wieder gerufen, laut, am ersten Tag der Versammlung:
»Genossin Freiheit, man braucht dich, komm wieder zurück!«
Und du kommst

Weil ich lebe

Einmal schon war ich traurig
weil Freunde gestorben waren
ohne erleben zu dürfen
was ich erlebte:

das Ende der langen Nacht
des Dritten Reiches
die Anfänge der Befreiung
der Menschen und ihrer Sprache

Später dann war ich fast froh
daß einige Freunde
rechtzeitig gestorben waren
um nicht erleben zu müssen

die neuen Morde
an Genossen durch ihre Genossen
und die Verleumdungen
im Namen der guten Sache

Und jetzt bin ich wieder traurig
weil Freunde wie Peter Weiss
Heinrich Böll, Heinar Kipphardt, Ernst Fischer
und Ulrike und Rudi und viele

gestorben sind
ohne diese Erneuung
die jetzt vorzudringen beginnt
noch zu erleben

Denn was sie gehofft hatten
das könnte jetzt wirklich kommen
und was sie gequält hat
das wird jetzt bekämpft

Ich aber darf noch leben
im Licht der Sonne
die an den Tag bringt
die wiederkehrende Wahrheit

Lebenskanten

Arbeiten

für Alfred Hrdlicka

Wo Hände ausbrechen aus Stein
und aus steinernen Ketten
oder wo Menschen fallen
sterbend zurück in den Stein
erschlagen
von versteinerten Menschen

wo eingeritzt in Metallplatten
auf dem Papier
alles auflebt was Menschen
Menschen zugefügt haben
mit Waffen und Geld
aus Metall und aus hartem Papier

wo Formen und Farben
den Lebendentanz
nackt zeigen
so daß er Totentanz wird
im Kampf
gegen den Tod

wo das Häßliche häßlich ist
und das Obzöne obzön
wo der Text zum Bild tritt
damit das Bild nicht zur Lüge
mißbraucht werden kann
und wo das Wort so hart zuschlägt
wie der Meißel den Stein schlägt
dort war
oder ist
immer wieder
dieser Eine
am Werk
das ihn
überdauern wird

Salzburg?

Schönheit
von Unerträglichkeit
bewohnt bewacht und beschlafen
Herrliche alte Häuser
ihr Stein zerfressen von Läden
voll von gediegener teurer Touristenware
voll von billiger schlechter Touristenware
Getriebe Gewühl Gedränge:
der Stadtverkehr überfremdet
vom verwünschten erwünschten
ergatterten Fremdenüberverkehr

Wechselstuben
und Nachtlokale für Fremde
Frauen für Fremde
heimische Trachten für Fremde
Für jedermann sinnentfremdeter Jedermann
Süße und süßliche Mozartreminiszenzen
von Mozartkugeln getroffen verwest die Erinnerung
an Mozarts Bitternis unter seinem hochwürdigen Herrn
seinem allergnädigsten erzbischöflichen Patron

Und irgendwo das Haus
das Trakl geboren und krank gemacht hat
das Grab eines Vaters der ihn zeugte und würgte
Und auf dem Mönchsberg die uralte Zwingburg der Macht
und ungerechten Gerichtsbarkeit über alle
über Bauern und Bürger
und Juden und Knappen und reisige Knechte
unendlich lange ertragen und unerträglich

Und diese Unerträglichkeit verhüllt und erhalten
von Schönheit die sie bewohnt und beschläft und bewacht
Schönheit die irgendwann einmal Salzburg sein könnte
wenn keine Broschüren mehr sie anbieten und vermarkten

Irgendwann einmal
heute noch nicht

Einige Irrwege

Wer sich abwendet von der Schönheit
der begeht
Verrat an der Schönheit des Lebens
und an der Schönheit der Welt

Wer sich abwendet von der Häßlichkeit
der begeht
Verrat an den Leiden des Lebens
und kämpft nicht mehr gegen Unrecht

Wer nur noch die Schönheit sieht
der geht in die Irre
Wer nur noch die Häßlichkeit sieht
der geht in die Irre
Wer nur noch den Kampf gegen Unrecht sieht
der geht in die Irre

Wer glaubt nie zweifeln zu dürfen
an der Schönheit
an der Häßlichkeit oder sogar
am Kampf gegen Unrecht
der ist so arm geworden
wie der der zweifelt
und glaubt nie mehr glauben zu dürfen

Kampf der Phantasielosigkeit

»Ein phantasieloser Mensch
ist in meinen Augen
kein Mensch«
erklärte ernsthaft
ein phantasieloser Unmensch

An die Häßlichkeit

Heilige Häßlichkeit!
zu dir sind sie geflohen
vor der entlarvten Lüge
von der Schönheit der heilen Welt
um Wahrheit speien zu dürfen
auf glatte Fälscher
um Wahrheit erbrechen zu dürfen
auf die verschämten Verstecke
in denen das
was ist
verklebt und gefesselt bleibt

Heilige Häßlichkeit
die sich nun langsam wieder
füllt mit Sehnsucht
nach etwas anderem
nach etwas
nicht ganz so Beschmutztem
nicht so ganz
aller schonenden Hüllen Entblößtem

Weil wir es nicht mehr ertragen
aus Abscheu vor alten Lügen
im Ausgespieenen
in Abfall und Unrat zu waten

Nein: Fliehen wollen
entfliehen!
Wohin?
Zu dir
entheiligte Schönheit!
Wieder Träume einatmen dürfen
Träume trinken
Hoffnungen essen dürfen
und endlich den Mund reinspülen
vom Nachgeschmack
der schlechten Wirklichkeiten

Gegen abergläubische Opfergaben

Unnützer Aberglaube
den Gespenstern Milch hinzustellen
Wer sie kennt, der weiß:
Sie trinken sie nur aus Zerstreutheit

Und sie sind zu gleichgültig
um sie noch als Geschenk zu erkennen
und nicht menschenunähnlich genug
um dankbar zu sein

Vorschlag an die Rechtgläubigen

Euer Zusammenzucken
wenn ich von Kindheit her
manchmal sage O Gott
macht mich zusammenzucken

Ich weiß zwar ihr habt gelernt
das heiße Gott anrufen
zum Falschen und Nichtigen
und das sei eine Sünde

Aber, o Gott, glaubt ihr wirklich
ein Mensch wie zum Beispiel dieser
Jesus von Nazareth
wäre so kleinlich gewesen?

Also gern mit euch über alles
in der Welt reden
aber nicht
über Gott und die Welt

Die Erkennbaren

Die zu wenig onaniert haben als Kinder
überall kannst du sie sehen
bemitleidenswert
oft aber auch mitleidlos

Die es zu selten getan haben
oder nie offen davon gesprochen
sind eine Gefahr für sich selbst
und für andere

Die zu wenig onaniert haben als Kinder
oder andere daran gehindert haben
sind zum Glück leicht zu erkennen
denn sie sehen genau so aus

wie sie selbst in ihren Traktaten
und armen Ammenmärchen
die beschreiben
die zuviel onaniert haben sollen als Kinder

Forschungsergebnis

Dank dem Studium
einer größeren Sammlung
moderner Porno-Fotos
fand ich heraus
daß die Einführung
eines männlichen Gliedes
(nicht abgeschnitten
auch nicht Imitation
sondern wirklich noch
mit dem Rest des Körpers verbunden)
in ein weibliches
freiwillig aufgetanes Geschlechtsorgan
ohne Zutun von Peitschen
Messern und Würgebehelfen
eine relativ selten gewordene
Abart von Sex sein muß

Rückfall

Es wäre ein Irrtum zu glauben
der Rückfall
sei einfach
ein Fall auf den Rücken

In Wirklichkeit
ist der Rückfall
fast immer
ein Vorfall

ein Fall
auf die Augen
auf Nase und Mund
und zuweilen

ein Fall
bis über die Ohren
bei dem Hören
und Sehen vergeht

Zu bunt

Mir träumte
daß ich geträumt hatte
und daß ich nach dem Erwachen
den Traum zu erzählen versuchte
Ich sagte: »Ich sah
Bäume und Kinder und Tiere
in allen Farben«

Mir träumte
daß man mich fragte:
»Farben? Was ist das?«

Mir träumte
daß ich sagte:
»Das weiß ich nicht mehr«

Genügsamkeit

Unsere kleinen Wahrheiten
sind kleine Lügen:
Wahrheit
die noch nicht reicht
bis zur nächsten Stelle
an der gemordet wird
ist Touristenwahrheit von dem
was sich sehen läßt
im Bereich
von der einen Scheuklappe
zur andern

Unsere kleinen Gefühle
sind kleine Heucheleien:
Gefühl ohne Mitgefühl
das sich angenehm anfühlt
und Touristenerinnerung bleibt
und Reiseandenken
und nicht reicht
bis zur nächsten Stelle
an der
noch immer
gemordet wird

Der kleine Schrei

Ob der kleine Schrei
dieses »Ah«
wenn man sich fallen läßt
wohlig ins heiße Bad
Ähnlichkeit hat mit manchen
Todesschreien, die vielleicht auch ein Gemisch
von Schmerz und befreiter Entspannung und Staunen sind?

Wichtig ist nicht, ob das zutrifft
wichtig ist nur, daß man diese
Frage stellt im Verlauf einer schweren Krankheit
die sich ihrem Ende nähert
an das man vielleicht
gar nicht denkt
aber das heimlich mitdenkt

Sie wird alt

In Katzenjahren gerechnet
ist sie nicht viel älter als ich
Sie bewegt sich vorsichtig:
Vom Fensterbrett springt sie
zuerst auf den Stuhl hinunter
und dann zögernd zu Boden

Sie geht langsam zu ihrem Napf:
Jede Bewegung ein Schmerz

Ich beginne aufzustehen
um ihr Futter zu geben
Ich zucke zusammen
und muß stillstehend
einatmen
ausatmen

Richtig:
Jede Bewegung ein Schmerz

Lebenslauf

Ich war kein Stein keine Wolke
keine Glocke und keine Laute
geschlagen von einem Engel oder von einem Teufel
Ich war von Anfang an nichts als ein Mensch
und ich will auch nicht etwas anderes sein

Als Mensch bin ich aufgewachsen
und habe Unrecht erlitten
und manchmal Unrecht getan
und manchmal Gutes

Als Mensch empöre ich mich
gegen Unrecht und freue mich
über jeden Schimmer von Hoffnung
Als Mensch bin ich wach und müde
und arbeite und habe Sorgen
und Hunger nach Verstehen
und nach Verstandenwerden

Als Mensch habe ich Freude an meinen Freunden
und habe Freude an Frau und Kindern und Enkeln
und habe Angst um sie und Sehnsucht nach Sicherheit
und will mit Menschen sein und manchmal allein sein
und bedauere jede Nacht ohne Liebe

Als Mensch bin ich krank und alt
und werde sterben
und werde kein Stein sein
keine Wolke und keine Glocke
sondern Erde oder Asche
und darauf kommt es nicht an

Statt eines Nachworts

Auch was ich gegen das Leben
geschrieben habe
ist für das Leben geschrieben

Auch was ich für den Tod
geschrieben habe
ist gegen den Tod geschrieben

Erich Fried, geboren 1921 in Wien und dort aufgewachsen. 1938 Flucht vor den Nazis nach London, mit Gelegenheitsarbeiten hält er sich über Wasser. 1944 erscheint im Exilverlag des österreichischen PEN sein erster Gedichtband, *Deutschland*. Nach dem Krieg bis 1968 Kommentator im deutschen BBC-Programm. 1960 erscheint sein einziger Roman *Ein Soldat und ein Mädchen*. Ab 1963 Mitglied der ›Gruppe 47‹. Die ersten Shakespeare-Übersetzungen entstehen. 1966 löst der Band *und Vietnam und* eine lang andauernde Diskussion über das politische Gedicht aus. In den folgenden Jahren ergreift Fried in vielen politischen Fragen Partei und wird in der Folge mit Verleumdungen, Zensur und gerichtlichen Klagen überzogen. Erst als über Sechzigjährigen erreichen ihn Ruhm, Preise, Übersetzungen. Schon lange schwer krank, stirbt er 1988 während einer Lesereise.

Deutschland. Gedichte. London (Österr. PEN-Club) 1944
Österreich. Gedichte. London/Zürich (Atrium) 1945
Gedichte. Hamburg (Claassen) 1958
Ein Soldat und ein Mädchen. Roman. Hamburg (Claassen) 1960
Reich der Steine. Zyklische Gedichte. Hamburg (Claassen) 1963
Warngedichte. München (Hanser) 1963/64
Überlegungen. Gedichtzyklus. München (Hanser) 1964
Neuausgabe: Zeitfragen und Überlegungen. Berlin (Wagenbach) 1984
Kinder und Narren. Prosa. München (Hanser) 1965
und Vietnam und. Einundvierzig Gedichte. Berlin (Wagenbach) 1966
Arden muß sterben. Operntext. London (Schott) 1967
Anfechtungen. Fünfzig Gedichte. Berlin (Wagenbach) 1967
Zeitfragen. Gedichte. München (Hanser) 1968
Befreiung von der Flucht. Gedichte und Gegengedichte. Hamburg (Claassen) 1968
Die Beine der größeren Lügen. Gedichte. Berlin (Wagenbach) 1969
Unter Nebenfeinden. Fünfzig Gedichte. Berlin (Wagenbach) 1970
Die Freiheit den Mund aufzumachen. 48 Gedichte. Berlin (Wagenbach) 1971
Gegengift. 49 Gedichte und ein Zyklus. Berlin (Wagenbach) 1974
Höre, Israel! Gedichte. Hamburg (Association) 1974
Fast alles Mögliche. Wahre Geschichten und gültige Lügen. Berlin (Wagenbach) 1975
So kam ich unter die Deutschen. Gedichte. Hamburg (Association) 1977
Veränderte und erweiterte Ausgabe. Berlin (Wagenbach) 1990

Die bunten Getüme. Siebzig Gedichte. Berlin (Wagenbach) 1977
100 Gedichte ohne Vaterland. Berlin (Wagenbach) 1978
Liebesgedichte. Berlin (Wagenbach) 1979
Liebesschatten. Gedichte. Berlin (Wagenbach) 1981
Zur Zeit und zur Unzeit. Gedichte. Köln (Bund) 1981
Das Unmaß aller Dinge. Prosa. Berlin (Wagenbach) 1982
Das Nahe suchen. Gedichte. Berlin (Wagenbach) 1982
Ich grenz noch an ein Wort... Essay. Berlin (Friedenauer Presse) 1983
Angst und Trost. Geschichten von Juden und Nazis. Frankfurt (Alibaba) 1983
Es ist was es ist. Gedichte. Berlin (Wagenbach) 1983
Beunruhigungen. Gedichte. Berlin (Wagenbach) 1984
Verstandsaufnahme. 61 Gedichte aus vierzig Jahren, gelesen vom Autor. Schallplatte. Berlin (Wagenbach) 1984
Und nicht taub und stumpf werden. Reden. Dorsten (Multimedia Verlag) 1984
In die Sinne einradiert. Zu Radierungen von Catherine Fried. Köln (Bund) 1984
Und alle seine Mörder. Versdrama. Wien (Promedia) 1984
Um Klarheit. Gedichte. Berlin (Wagenbach) 1985
Lysistrata. Bearbeitung. Berlin (Wagenbach) 1985
Von Bis nach Seit. Gedichte 1945–58. Wien (Promedia) 1985
Mitunter sogar Lachen. Zwischenfälle und Erinnerungen. Prosa. Berlin (Wagenbach) 1986
Vorübungen für Wunder. Gedichte vom Zorn und von der Liebe. Berlin (Wagenbach) 1987
Am Rand unserer Lebenszeit. Gedichte. Berlin (Wagenbach) 1987
Unverwundenes. Gedichte. Berlin (Wagenbach) 1988
Gründe. Gedichte. Berlin (Wagenbach) 1989
Als ich mich nach dir verzehrte. Gedichte. Berlin (Wagenbach) 1990
Einbruch der Wirklichkeit. Gedichte. Berlin (Wagenbach) 1991
Gesammelte Werke. Gedichte und Prosa. Berlin (Wagenbach) 1993
Anfragen und Nachreden. Politische Texte. Berlin (Wagenbach) 1994
Die Muse hat Kanten. Aufsätze und Reden zur Literatur. Berlin (Wagenbach) 1995

Erich Fried: Sämtliche lieferbaren Titel

Gesammelte Werke

Gedichte und Prosa

Herausgegeben von Volker Kaukoreit und Klaus Wagenbach. Die erste Werkausgabe mit sämtlichen veröffentlichten Gedichten und der erzählenden Prosa, in chronologischer Folge.

»Eine editorische Glanzleistung von beinahe anachronistisch anmutender Genauigkeit.«   Michael Bauer

Mit Anmerkungen, einem Gesamtregister und bebilderten Lebensdaten
4 Bände im Schuber. 2752 Seiten. Halbleinen. Fadenheftung

Mitunter sogar Lachen

Ein Buch der Erinnerung an die Jugend in Wien und die ersten Jahre der Emigration in London.

Quart*buch*. Leinen. 160 Seiten. Reich bebildert

Es ist was es ist

Liebesgedichte Angstgedichte Zorngedichte

Eine Gedichtsammlung, die nicht nur das berühmteste Gedicht Erich Frieds enthält, sondern uns den ganzen Autor vorstellt, mit seinem ästhetischen Anspruch und seinem kritischen Zweifel.

Quart*buch*. 112 Seiten

Liebesgedichte

Freundlich, zärtlich und manchmal lustig beschreibt Erich Fried solche Gefühle außerhalb des Konsums, das Vertrauen zum anderen dort, wo sonst niemand niemandem traut und jeder zum Feind des anderen gemacht werden soll.

Quart*buch*. 104 Seiten

Gründe

Gesammelte Gedichte

Herausgegeben von Klaus Wagenbach. Die politisch argumentierenden und die Liebesgedichte, die sprachschöpferischen und die sprachspielerischen Gedichte, die Natur- und die Protestgedichte, die erzählerischen, die zornigen, die ermutigenden Gedichte: ein Wegweiser durch das lyrische Werk.

SVLTO. Rotes Leinen. 168 Seiten

Als ich mich nach dir verzehrte

Gedichte von der Liebe

Die schönsten Gedichte von der Liebe aus dem Gesamtwerk Erich Frieds. Diese Gedichte suchen die heutigen Orte der Liebenden auf, auch wenn sie vom Beton der inneren und äußeren Landschaften manchmal ganz zugeschüttet zu sein scheinen. Freundlich, oft heiter beschreiben sie die Gefühle und behutsamen Gespräche außerhalb von Konsum und Medienwirrwarr.

SVLTO. Rotes Leinen. 96 Seiten

So kam ich unter die Deutschen

Wie zerrissen, wie fremd leben wir im eigenen Haus?

Gedichte über deutsche Angelegenheiten.

Wagenbachs Taschenbuch 183. 128 Seiten

Lysistrata

Die Komödie von Aristophanes

Neu übersetzt von Erich Fried. Das Thema ist alt. Aristophanes gab ihm im Jahre 411 v. Chr. Form und Namen: Der Streik der Frauen gegen den Krieg der Männer.

Wagenbachs Taschenbuch 206. 144 Seiten

Die Muse hat Kanten

Aufsätze und Reden zur Literatur

Herausgegeben von Volker Kaukoreit. Eine Sammlung der wichtigsten Texte Erich Frieds zur Literatur, darunter zahlreiche verschollene oder bisher nicht gedruckte.

Wagenbachs Taschenbuch 246. 240 Seiten

Anfragen und Nachreden

Politische Texte

Herausgegeben von Volker Kaukoreit. Dieser Band sammelt die wichtigsten politischen Texte, die bis dahin sämtlich nicht mehr zugänglich waren: Sie erschienen entweder in längst vergriffenen Büchern, Anthologien oder in alternativen Medien , auch einige Kommentare für das ›German Soviet Zone Programme‹ der BBC wurden aufgenommen.

Wagenbachs Taschenbuch 231. 288 Seiten

Vorübungen für Wunder

Gedichte vom Zorn und von der Liebe

Aus der Welt des späten Erich Fried: Liebesgedichte und Zorngedichte, Gedichte des Zuspruchs und Gedichte über die Zukunft.

Wagenbachs Taschenbuch 250. 128 Seiten

Unverwundenes

Liebe, Trauer, Widersprüche

Wir verwinden viel, sagt man. Was aber, so fragen diese Gedichte, bleibt unverwunden?

Wagenbachs Taschenbuch 251. 80 Seiten

Am Rand unserer Lebenszeit

Gedichte von der unbeholfenen Wahrheit, die manchmal an die Stelle der Gunst des Wortes tritt, unverbessert und unverbesserlich.

Wagenbachs Taschenbuch 261. 80 Seiten

Einbruch der Wirklichkeit

Verstreute Gedichte. 1927–1988

Vergessene, verlorene, verschenkte Gedichte: von der frühen »Wunderkinderzeit« bis zu späten Gedichten.

Wagenbachs Taschenbuch 262. 96 Seiten

Um Klarheit

Gedichte gegen das Vergessen

Einer der letzten Gedichtbände Frieds, der ein zentrales Motiv seiner literarischen Arbeit zum Thema macht: Das Fragen, das Erinnern, das Bemühen »um Klarheit«.

Wagenbachs Taschenbuch 269. 80 Seiten

und Vietnam und

41 Gedichte

Die Neuausgabe eines Buches, dessen Titel Martin Walser »die Zeile des Jahrhunderts« nannte und dessen Gedichte politische wie literarische Geschichte gemacht haben. Mit einem Nachwort von Klaus Wagenbach, das die Entstehung und Aufnahme beschreibt und alle wichtigen Rezensionen mitteilt.

Wagenbachs Taschenbuch 270. 80 Seiten

Verstandsaufnahme

Einundsechzig Gedichte, gelesen vom Autor

Eines der wenigen Tondokumente Erich Frieds auf Kassette.

Leben erzählen

Klaus Wagenbach

Franz Kafka. Bilder aus seinem Leben

Ein Portrait Franz Kafkas in mehr als 600 Bildern: über Familie und Kindheit, Gymnasium und Universität, Reisen und Freundschaften, bis zu den Büchern und den letzten Jahren.

»Der beste Bildband über Kafka.« DIE ZEIT

Großformat. Halbleinen. 240 Seiten in Duotone

Klaus Völker

Boris Vian – der Prinz von St. Germain

Boris Vian, Schriftsteller, Ingenieur, Drehbuchautor, Schauspieler und Jazzmusiker, gehört zu den schillerndsten Figuren im Paris der Nachkriegszeit. Klaus Völker hat mit der Biographie dieses Allround-Genies auch eine Innenansicht jenes Kulturlaboratoriums geschrieben, das in den Cafés und Jazzkellern von St. Germain seine Filialen hatte.

»Ein berückend schönes und informatives Lese- und Bilderbuch.«
Adolf Fink, FRANKFURTER ALLGEMEINE ZEITUNG

Englische Broschur. 160 Seiten mit 95 Fotos

Natalia Ginzburg

Anton Čechov

Mit großer Kenntnis innerfamiliärer Konstellationen und stiller Leidenschaft erzählt Natalia Ginzburg das kurze Leben Anton Čechovs, des »äußerst scharfsinnigen und empfindsamen Analytikers menschlicher Beziehungen« (Virginia Woolf).

SVLTO. Rotes Leinen. 96 Seiten mit vielen Fotos

Giuseppe Tomasi di Lampedusa

Shakespeare

Der Autor des »Leopard« bewunderte England, seine Zivilisation, seine Kultur – und Shakespeare. Sein großer Essay über den Elisabethaner ist ein schönes Beispiel für ein rückhaltlos bewunderndes Stück Literaturkritik, das aber den sarkastischen Hinweis auf die schwächeren Seiten des Denkmals nicht scheut.

SVLTO. Rotes Leinen. 96 Seiten

Und wenn wir das Leben lieben / können wir nicht ganz lieblos sein / gegen diese unsere Zeit / Wir müssen sie ja nicht genau so / lassen, wie sie uns traf